L'EMPEREUR

SUIVI DE

MAZAGRAN.

IMPRIMERIE DE WORMS
Boulevart Pigale, 46.

L'EMPEREUR

SUIVI DE

MAZAGRAN

POÈME

PAR

LOUIS DUCLOS

Membre de la Lice.

PARIS

C. PINARD, LIBRAIRE-ÉDITEUR

RUE NOTRE-DAME-DE-LORETTE, 41.

1843

AUX

CHANTRES DE LA GLOIRE.

AUX CHANTRES DE LA GLOIRE.

Et moi, je viens aussi, pauvre orphelin de gloire,
A vos nobles récits mêler un peu d'histoire,
Au-dessous de vos noms, connus à l'Hélicon,
Sans passé, sans présent, je viens tracer mon nom.

J'ai fait dans l'art des vers un court apprentissage;
A peine ai-je esquissé mes pensers du jeune âge?
Dès l'enfance abreuvé du poison du malheur,
J'ai passé bien des nuits à chercher le bonheur;
Et, comme Jésus-Christ, dans sa longue insomnie,
J'ai sué tous les jours le sang de l'agonie.
Si ma lyre ne jette, hélas! qu'un faible son,
Si ma muse est muette après une chanson,
C'est qu'au vent du malheur mon âme s'est brisée:
J'ai lutté trop longtemps; ma vie est presqu'usée.
N'importe! relevant mon jeune front plissé,
Je veux dans l'avenir oublier le passé.
J'ai demandé souvent au ciel son assistance;
En vain j'ai pu rêver un terme à ma souffrance:
Hélas! le malheureux n'est pas toujours compris.
Je voulais confier ma peine à des amis;
Mais la fatalité qui veille aux destinées
D'un crêpe a recouvert le cours de mes années.

Loin de ces lieux, témoins de tes derniers beaux jours,
Pourquoi, me direz-vous, des folâtres Amours,
L'essaim n'est pas venu distraire ta tristesse?
Oh! c'est que l'Amitié, consolante déesse,
Préside en souriant à mon léger sommeil;
Que je la trouve encor à l'heure du réveil;
Que par elle conduit au pied du Mont-Parnasse,
J'attends pour y monter vos ailes, votre audace!

A vingt ans le poète est riche d'avenir.
Ne le repoussez pas; son plus cher souvenir
Est tout à son pays, à cette belle France
Qui s'illustra toujours par sa haute vaillance.
Laissez-le suivre aussi de loin ses devanciers
Maintenant tout courbés sous le faix des lauriers.
Sans guide, sans appui que le noble délire
Que son nom d'âge en âge à tout soldat inspire,

Je vais, bien jeune encore, essayer de chanter
Ce héros que l'Europe osa persécuter
Après s'être, vingt ans, devant lui prosternée
Comme une vieille reine à ses pieds consternée.

L'EMPEREUR.

LES

ADIEUX DE FONTAINEBLEAU

LES ADIEUX DE FONTAINEBLEAU.

De l'airain ébranlé ces lugubres accens
Font tressaillir mon cœur. Sous les coups frémissans
De son marteau de fer, le timbre qui résonne
Jette par intervalle un cri sourd, monotone.

Français, réveillez-vous! Minuit sonne, écoutez :
Satan à ce concert vous a tous invités!
Dans l'antre du Destin, effroyable demeure,
La Parque en grimaçant frappe la dernière heure.
Au moribond il reste encore quelques instans;
Levez-vous donc? Plus tard, il ne serait plus temps;
La mort va terminer son horrible agonie.

Ce mortel qui n'a pas vécu toute sa vie,
Qui se tord en râlant sur son lit de douleur,
L'avez-vous reconnu, Français?—C'est l'Empereur!
Fatigué d'être en butte à trop de barbarie,
Il a voulu quitter son ingrate patrie
Pour remonter au ciel ou descendre aux enfers,
Qu'importe où l'âme va, quand le corps rompt ses fers.
Lui qui régît le monde étouffait dans vos chaînes;
Un breuvage de mort circule dans ses veines.

Sa figure livide et son regard mourant,
Sa bouche d'où s'enfuit la vie en soupirant,
Son corps tendu, ses doigts crispés par la souffrance,
Son front pâle où jadis souriait l'espérance,
D'où jaillissait l'éclair des révolutions,
Et ses traits contractés par les convulsions,
Semblent nous présager que son heure dernière
Approche. — A genoux donc! l'Europe tout entière
S'agenouilla cent fois devant Napoléon.
Voyez! les rois encor tremblent à ce seul nom.
Le voile du trépas couvre son front livide
Où l'on croit voir écrit ce grand mot : SUICIDE.

Cependant, regardez; voici le jour venu!
Avec lui le soleil a déjà reparu;
Inondant l'univers de ses flots de lumière,
Il redonne la vie à la nature entière.

La Mort avec la nuit a déserté ces lieux,
L'Espoir en souriant est descendu des cieux;
Nos vœux sont exaucés, Dieu conserve à la France
Le héros qui revit pour notre délivrance.

Place donc, le voilà qui s'avance! Sa voix
Qui réveille le monde et fait trembler les rois
Va leur jeter encor la menace au visage;
Il leur faudra du sang, car sanglant est l'outrage!
France! a-t-il dit, la Mort n'a pas voulu de moi?
Eh bien! je reviendrai : je t'en donne ma foi.
Et, grand comme le monde, au milieu de sa garde,
Il parle; et le soldat écoute et le regarde :
« Je vous fais mes adieux. Depuis vingt ans, soldats!
« Que nous marchons ensemble au devant des combats,
« Je suis content de vous. Dans nos jours de victoire,
« Je vous ai toujours vus au chemin de la gloire.

« L'Europe tout entière, en s'armant contre moi,
« Espérait m'imposer une honteuse loi.
« De mes vieux généraux, si grands par ma puissance
« Quelques-uns ont trahi leur devoir, et la France
« N'écoutant plus ma voix dans ces cruels momens,
« Se laissant entraîner par les événemens,
« Elle-même a voulu changer sa destinée.
« Avec vous déployant l'aigle prédestinée,
« J'aurais pu, rassemblant nos braves garnisons,
« De la guerre civile allumer les tisons;
« Et promener longtemps ma course aventureuse;
« Mais notre belle France eût été malheureuse.
« A votre nouveau roi jurez fidélité,
« Et soyez à vos chefs soumis avec fierté.
« N'abandonnez jamais notre mère chérie,
« Ne plaignez pas mon sort; songez à la patrie!
« Je suis sûr d'être heureux si vous êtes heureux.
« J'aurais bien pu mourir! je vivrai; je le veux;

« Mais pour servir encor, soldats! à votre gloire;
« Je dirai nos combats, j'écrirai notre histoire.

« Si je laisse à chacun un souvenir fatal,
« Je vous embrasse tous dans votre général.

« Venez, brave Petit! qu'à cette heure suprême,
« Je vous presse un instant sur un cœur qui vous aime.
« Qu'on m'apporte un drapeau, que je l'embrasse aussi.
« Ah! ma chère aigle, adieu! Si je te quitte ainsi,
« Puisse au moins ce baiser, brûlant comme la flamme,
« Révéler aux Français les ardeurs de mon âme,
« Verser dans tous les cœurs la sublime clarté,
« Et retentir un jour dans la postérité!
« Adieu, riant pays! adieu charmante France!
« Et vous, mes chers enfans, adieu! que l'Espérance

« Vous prête son flambeau ! Mes vœux dans l'avenir
« Vous accompagneront; gardez mon souvenir. »
Il a dit et, mêlant ses larmes à leurs larmes,
Il quitte ses *enfans* brisés par tant d'alarmes.

L'ILE D'ELBE.

ARGUMENT.

Invocation. — Appel à la France. — Renvoi et proscription de divers officiers de l'armée. — Beaucoup d'invalides sont chassés de leur hôtel pour faire place à des chouans. — Haine des royalistes. — La nuit. — Une fête donnée par la princesse Pauline. — Portrait. — Le signal. — Le départ.

L'ILE D'ELBE.

France, entonne avec moi l'hymne de la victoire !
Le grand homme aujourd'hui reparaît dans sa gloire.
Il s'est débarrassé du manteau du malheur,
Cesse tes chants de deuil. — L'aigle triomphateur

Va revoler superbe aux rives de la Seine,
Mesurant du regard son immense domaine,
De son aile puissante il a froissé les airs ;
De ses yeux menaçans jaillissent les éclairs :
Regarde comme aux cieux il élève la tête !
Son cri, prélude affreux de l'horrible tempête,
Dans l'espace a vibré comme un cri du beffroi ;
Et les fronts couronnés en pâlissent d'effroi.
Dans sa serre étreignant les destins des deux mondes,
Il règne dans les airs, sur la terre et les ondes.
Qu'il lance encor la foudre ou montre l'olivier,
Soyons toujours Français ! Le front ceint du laurier
Cueilli dans ces combats géants de notre histoire,
Volons à l'ennemi. — L'aigle de la victoire
Nous montre le chemin; marchons ! frères, marchons !
Mais à la voix du bronze, aux accens des clairons.
Qu'importe dans la vie un beau ciel sans nuage,
Quand on aime à voguer balotté par l'orage.

Ne courbe plus ton front sous le joug d'un Bourbon,
France ! — relève-toi ? — Demain la trahison
N'aura plus à vomir de monstres sanguinaires ;
Tu nourris dans ton sein tes infâmes sicaires,
Tu couvres leurs forfaits des plis d'un drapeau blanc
Que de nobles martyrs rougiront de leur sang [1] ;
Tu marches le front bas sous leurs lois arbitraires,
Et sans te plaindre !- Eh bien! ces lâches mercenaires
Dès l'enfance exercés au métier d'assassin,
Eteindront tes sanglots dans un bruit de tocsin,
Etoufferont tes cris, chère et sainte victime,
A leurs crimes passés en ajoutant un crime ;
Puis, en lettres de sang, ils inscriront un nom,
Le tien !- au pilori du déshonneur. Non, non,
Tu ne souffriras pas, ô France, ma patrie !
Qu'un ramas de bannis, en sortant d'une orgie,
Vienne sur toi vomir la honte des maudits.
Sont-ils marqués au front du fer chaud des bandits ?

Réponds!.. déjà leurs noms sont flétris par l'histoire,
Alors qu'un roi leur jette un lambeau de sa *gloire* [2].
La justice de Dieu veille sur mon pays;
Son tonnerre bientôt poursuivra les débris
D'une royauté morte en une mare impure.

Tout présage à la France une grandeur future.
Le peuple a murmuré. Tremblez! sa grande voix,
Quand elle prie en vain, sait détrôner les rois.
On ose humilier notre vaillante armée,
Un ministre odieux l'a déja décimée [3];
Des officiers, en proie à d'insolens mépris,
Aujourd'hui renvoyés, demain seront proscrits.
De pauvres vétérans d'Austerlitz et d'Arcole,
Indignement chassés, sans pain, sans une obole,
Se traînant sur les mains, mutilés à moitié,
Implorent du passant la stérile pitié;

Et pourtant ils sont fiers de l'affreuse indigence
Qu'ils portent avec eux aux lieux de leur naissance.

C'est ainsi que, fidèle aux lois de l'étranger,
Ce roi qui n'a connu jamais d'autre danger
Que la crainte de choir de son fauteuil antique,
Pardonne aux vieux débris de notre République!
Honte éternelle à ceux qui, dans ces jours de deuil,
Au lieu de l'étouffer caressent son orgueil;
Et, l'aidant à prouver sa débile puissance,
Vengent leur roi goutteux en frappant l'innocence;
La privent d'un pain noir pour grossir leur trésor,
Inventent des tourmens plus horribles encor!...
Qui du royal bourreau, fidèles mandataires,
Pour étancher sa soif deviendront des sicaires!!...
Son tour viendra bientôt à ce roi *très chrétien*
De n'avoir dans l'exil que l'espoir pour soutien.

Abandonné, trahi dans sa grande infortune,
Il fuira poursuivi par la haine commune.
Et vous qui demandez de la célébrité,
L'histoire publiera votre férocité.
Plus tard, pour faire peur à l'enfance intraitable,
On lui dira vos noms après celui du diable.

Fuyez, princes et rois! l'intrépide Soldat
Va reprendre bientôt les rênes de l'État.
Du haut de son rocher qu'habite le Silence,
Captif, il veille encore au bonheur de la France.
Tyrans, malheur à vous! le Héros attendu
N'est pas tombé du trône : il en est descendu.

La Nuit a déroulé ses longs voiles funèbres,
Et jamais on n'a vu plus épaisses ténèbres.

Le voyageur tardif, et surpris par le soir,
S'égare dans sa route et marche sans espoir.
Le ciel n'a conservé qu'une étoile trompeuse,
Météore mourant d'une clarté douteuse.
La Terre garde encor ses vêtemens de deuil [4]
Jusqu'au jour où son roi sortira du cercueil;
Et la mer, tout à l'heure orageuse, en furie,
Présente aux matelots une surface unie.
On n'entend plus le bruit cadencé du rameur,
Ni le cri du goéland ni les chants du pêcheur;
Un silence profond règne sur le rivage,
Tout est muet, désert sur ce rocher sauvage.

Ecoutez : un concert d'instrumens et de voix [5]
Eveille les échos assoupis dans les bois.
La jeune fille attend que la valse commence;
Son cœur bat de plaisir, frémit d'impatience.

Un ange en souriant donne enfin le signal ;
L'orchestre a préludé, *Pauline* ouvre le bal.
On vole sur les pas de l'aimable Princesse,
Et partout on respire et la joie et l'ivresse.
Un seul homme est pensif, il paraît languissant.
Vous le reconnaissez à son regard perçant ;
A sa capote grise, à sa large poitrine,
A son front soucieux que la pensée incline.
Immobile, debout, pâle, les bras croisés,
Rêvant à ses soldats tous immortalisés
Par vingt ans de combats et par vingt ans de gloire,
Il attend de son nom sa plus belle victoire.
Tout-à-coup le canon résonne sur le port!
Il invite un grand homme au banquet de la mort :
Napoléon comprend cette voix de tonnerre,
Et retourne affronter les périls de la guerre.

Il a quitté le bal ; et, nouveau Jésus-Christ,

Il porte avec orgueil, sur son front de proscrit,
La palme de martyr et la double couronne
D'empereur et de roi. — Puisque le bronze tonne,
Oh ! que son cri de guerre annonce le premier
Le retour du grand homme à l'univers entier ;
Et que la Liberté, trop longtemps méconnue,
Porte sa noble tête aussi haut que la nue.
Le monde est sa patrie et Dieu son protecteur.
Qu'elle brille aujourd'hui d'un éclat moins trompeur.
Liberté, prends ton vol !.. à cette heure suprême,
Le sol pour marche-pied, le ciel pour diadème,
Va ! ne t'arrête pas à quelque souvenir !
Ecarte le présent, marche vers l'avenir.

Alors que vous dansez, rieuses jeunes filles,
Quand du bal les plaisirs, étreignant les quadrilles,
Embrasent vos cerveaux et dessèchent vos cœurs,

Quand se penchent vos fronts sous ses lourdes vapeurs
Et qu'effleurant le sol vos pieds creusent vos tombes,
Napoléon vous quitte; et, sans l'éclat des bombes,
Du bruit de ses exploits va remplir l'univers.

Déjà sa forte voix a monté dans les airs;
Son pas a retenti sur le pont du navire;
Le sort en est jeté! Le drapeau de l'Empire,
Du pays des géants prisme si radieux,
Reparaîtra bientôt puissant et glorieux,
La voile est déployée, et la flotte s'élance
A ce signal du chef: *Soldats, en France! en France*!

Et les flots par les flots s'éloignent écumeux,
Et le navire fuit comme un cheval fougueux;
Puis la vague s'apaise; et, tendu vers l'espace,
L'œil n'aperçoit plus rien qu'un point noir qui s'efface.

Puis enfin l'on entend s'élever jusqu'au ciel
Du rivage de l'île un hymne à l'Eternel.
Des pleurs mouillent le sol : vieillards et jeunes filles
Couvrent de leurs sanglots les doux chants des charmilles.
Oh ! c'est qu'il est aimé, *l'homme prédestiné* !
Et qu'à mourir loin d'eux il s'en va condamné.

Héros de Marengo, fils de la République,
Vous qui m'avez appris l'hymne patriotique,
Immortels compagnons du soldat de Memphis,
Volons avec sa gloire aux portes de Paris !
Puissions-nous, saluant notre belle Patrie,
Briser le joug honteux qui la tient asservie !
Puissions-nous, reconnus de ses nobles enfans,
Reprendre notre place où siégent les tyrans,
Etendre nos exploits du couchant à l'aurore
Et voir flotter partout le drapeau tricolore !

1er MARS 1815.

1er MARS 1815.

Pour l'exilé mon cœur soupire!
Pourquoi ne pas déjà le voir?
Tout cependant semble sourire
A mes désirs, à mon espoir.

Le ciel est pur, la mer est belle!
La vague à mes pieds vient mourir.
Avec la frileuse hirondelle,
Le doux printemps va revenir.

Pour avoir trahi votre père,
Pour le condamner à souffrir,
Venez chercher votre salaire!
Boureaux, avancez sans rougir!
La Postérité, plus sévère,
Vous marquera du déshonneur;
Et *Lui* que tout Français révère
Triomphera de son malheur.

Regardez au loin ce navire
Comme un point noir à l'horizon :

Il est là! mon cœur sait le dire.
Tombe à jamais la trahison!
Grand Dieu! fasse qu'un sort prospère
Bientôt le rende à nos douleurs!
Moi, je retourne à ma chaumière
Ressusciter les trois couleurs.

C'est ainsi que chantait, rude enfant des montagnes,
Un pâtre dont la voix, roulant sur les campagnes,
Semait partout la joie, et l'amour et l'espoir!...
Confiant ses chagrins au silence du soir,
Il disait aux Zéphirs sa plainte et sa misère
Pour trouver un écho sur la rive étrangère.

LA MURE.

ARGUMENT.

Le golfe Juan. — Le bivouac. — Récits militaires. — Le bataillon se dispose à marcher sur Paris. — Amour de la patrie. — Première marche du bataillon. — Avant-garde commandée par Cambronne. — Arrivée de son aide-de-camp. — Rencontre du bataillon sacré avec l'avant-garde de la division de Grenoble. — Roul va la reconnaître. — Napoléon. — Proclamation de l'Empereur. — L'avant-garde se rallie à lui.

LA MURE.

Sur ces bords, où la vague en mourant vient gémir[1],
Où l'on voit l'olivier s'agiter et frémir,
Où l'oranger fleuri, parfumant la vallée,
Étale à nos regards sa parure étoilée,

Nouveaux fils de la Grèce, Homères du bivac,
Les vétérans assis, appuyés sur leur sac,
En présence du chef racontent les merveilles
Qu'ils écriront plus tard pour occuper leurs veilles.
C'est l'heure où de la nuit l'astre silencieux
Parcourt en souriant les vastes champs des cieux!
Le magique récit de cette grande histoire,
Exaltant la pensée, entraîne l'auditoire.
Napoléon, lui-même ému jusques aux pleurs,
Ordonnant le départ, embrasse les conteurs.

A la voix du Héros, chaque brave se lève,
Entoure l'Empereur, s'assemble sur la grève,
Où le bruit de son pas, aux fanfares mêlé,
Révèle à son retour le soldat exilé.

Avant de remonter, environné de gloire,
Au trône où le porta le vœu de la Victoire,
France! avant d'obéir à la voix du Destin
En rendant son idole à ton peuple orphelin,
Ton fils baise à genoux le sol de nos vieux braves
Trop longtemps condamnés à d'ignobles entraves.
Regarde!... au souvenir de ces grandes douleurs,
De sa paupière humide on voit tomber des pleurs.
Contemple ces soldats, cette fidèle garde!
Le pressant dans leurs bras, embrassant sa cocarde,
Et pleurant avec lui d'ivresse et de bonheur.
Héroïques soutiens, instruits par le malheur,
Vieux restes glorieux de notre Grande-Armée,
Que le fer ni le feu n'ont jamais alarmée,
Les uns vont en passant rencontrer des amis,
D'autres reconnaîtront le clocher du pays,
Quelques-uns reverront une mère chérie,
Et tous ont retrouvé la commune Patrie!

Reprenez votre essor, aigles toujours sacrés,
Toujours victorieux et partout rencontrés!
Saluez par vos cris, par des cris d'espérance,
Cette terre, ce ciel de notre belle France,
Précédez le Héros dont le nom glorieux
Pour la mère-patrie est un bienfait des cieux.
Ces flots, ces mêmes flots, presque sur cette plage [2],
Ont déjà ramené, Général avant l'âge,
Le vainqueur de Mourad, de Marengo, Lodi,
Montenotte, Aboukir, Arcole et Rivoli.
Quinze ans sont écoulés. Hier, si la Fortune,
Abandonnant son fils, déserta la tribune,
Le ciel avec justice aujourd'hui nous le rend;
Partez! aigles chéris; partez! l'on vous attend.

En trois corps partagé, pour plus de diligence,
Le bataillon sacré sur deux routes s'avance.

Le signal est donné. Cambronne le premier
Marche avec ses soldats sur Cannes, Saint-Vallier,
Traverse Castellane en colonne serrée,
Annonce son sauveur à la France éplorée,
Revoit partout l'élan de Grasse et Cérénon,
S'empare, l'arme au bras, du fort de Sisteron,
Plante le saint drapeau sur le pont de La Mure,
Et suspend malgré lui sa conquête future [3].

Tandis qu'au nom du roi Combe et ses grenadiers [4],
Pour Antibes partis seront faits prisonniers,
Napoléon poursuit son œuvre paternelle,
Seul, avec les débris de sa Garde immortelle.
Vous étiez là, Bertrand, Jerzmanowski, Drouot [5],
Loubers, Demons, Lanou, Malet, Seale et Chaunot,
Infortunés amis d'une grandeur finie,
Courageux défenseurs des droits de la patrie!

Avec vous tout un peuple a mille fois redit
Ce nom si glorieux par les rois interdit.
Vous l'avez vu ce peuple, enfant de nos campagnes,
Pour adorer son Dieu descendre des montagnes,
L'entourer de sa foi, se presser sur ses pas,
Embrasser ses habits, le serrer dans ses bras,
Se traîner à genoux pour mériter la grâce
De tout abandonner et de le suivre en masse.
Vous avez vu les pleurs de ces bons habitans
Quand l'*Homme* ainsi leur dit : « Non! vos efforts constans
« Me font connaître assez que le peuple et l'armée
« M'attendent pour sauver la Patrie alarmée.
« Ils sont un sûr garant des vœux de mes soldats;
« Ceux que je reverrai me prêteront leurs bras;
« Plus ils seront nombreux, plus j'aurai l'assurance,
« En vous récompensant, de délivrer la France.
« Adieu, mes bons amis! restez, restez chez vous;
« Vous êtes mes enfans, et je vous bénis tous. »

Il dit, et, poursuivant sa marche triomphale,
S'éloigne précédé de l'Aigle impériale.

Voyez cet officier dont le coursier fougueux
Vole et sème après lui des nuages poudreux,
Hennit, bondit, s'arrête; et, lancé hors d'haleine,
Vole plus vite encore et sillonne l'arêne!
D'où vient-il? que veut-il?... sur ses traits la pâleur
Révèle avant sa voix les secrets de son cœur;
Ces mots confus : *Grenoble... un bataillon... Cambronne*!
S'échappant tout à coup de sa bouche qui tonne,
Exaltent des soldats le courage indompté;
Et réveillent partout le cri de liberté.
Cavaliers, fantassins, tous s'élancent ensemble!
Le malheur les unit, l'amitié les rassemble.
Ivres d'un saint espoir, pleins d'une noble ardeur,
De marcher les premiers tous briguent la faveur;

Tous, volant radieux au-devant de leurs frères,
Reconnaissent de loin leurs flottantes bannières.

Aux *qui vive!* jetés au grand Prédestiné [7],
Roul s'élance, et, bientôt, il revient consterné.
Ils ont craint d'écouter leur compagnon d'Arcole,
Voyons s'ils se tairont en face de l'idole!
L'instant est décisif, et le temps est venu
De savoir qui des deux, du *Soldat parvenu*
Ou de l'homme né roi, gouvernera la France;
L'heure enfin va sonner, le Sort tient la balance,
Et le Héros décide! « On m'a trompé, Bertrand! »
S'écria-t-il: « N'importe, en avant, en avant! »
Et, calme comme aux jours de nos grandes batailles,
Il va leur demander d'illustres funérailles.
« Me reconnaissez-vous, moi, votre bienfaiteur,
« Soldats?... De mon exil j'ai vu votre douleur,

« Entendu votre voix, partagé vos misères.
« Pour venir jusqu'à vous, bravant les vents contraires,
« A tenter les hasards, consumant mes efforts,
« J'ai trompé les périls, affronté mille *morts*.
« Nos drapeaux ont flotté près des murs deGolconde
« Et nous avons, quinze ans, donné des lois au monde.
« Promenant le flambeau des révolutions,
« N'avons-nous pas brisé les fers des nations?
« Oublions aujourd'hui qu'on nous a vus les maîtres!
« Souffrirons-nous jamais qu'une horde de traîtres
« Commande notre France?... Et qui le prétendrait?
« Quel Français, qui de vous, soldats, le permettrait?
« Reprenez à l'instant ces aigles immortelles
« Qui vous ont autrefois recouverts de leurs ailes
« A Wagram, Iéna, Montmirail, Austerlitz!
« Les vétérans du Rhin, de Moscou, de Memphis,
« Tous sont humiliés! Les héros d'Italie
« Errent sous d'autres cieux sans abri, sans patrie.

« Revenez vous ranger sous le noble drapeau !
« Soldats, rappelez-vous Champ-Aubert, Montereau?
« La Victoire, à mon char, comme alors, enchaînée,
« Fera trembler les rois et l'Europe étonnée.
« Le ciel conduit mes pas, et je viens vous chercher.
« Par ma voix il vous dit : De clocher en clocher,
« L'aigle saint volera jusqu'aux tours Notre-Dame;
« Et les rois pâliront sous son regard de flamme.
« Dans un âge avancé, près du foyer assis,
« De la guerre à vos fils vous ferez les récits.
« De leurs soins entourés, chéris de vos compagnes,
« Soldats! vous redirez vos exploits, nos campagnes.
« Vous leur raconterez vos trois cents jours de deuil;
« Et moi, pourrez-vous dire avec un juste orgueil,
« Frères! j'étais aussi de cette Grande-Armée
« Qui cueillit des lauriers sous le ciel d'Idumée,
« Qui, deux fois, dans Madrid, dans Vienne, dans Berlin,
« Suivit avec amour le *Soldat* du destin... »

A ces mots, le transport a fait place au délire,
Et le trône des *lys* tombe devant l'Empire.
L'officier, le soldat, grenadiers, voltigeurs!
Tous baisent ses genoux. La Garde, les sapeurs
Pleurent en s'embrassant; tous redeviennent frères,
Tous pour Napoléon rêvent des jours prospères.
Partout le même cri, partout le même amour!
Et le son du clairon, et le bruit du tambour
Viennent mêler leur voix au concert de ces braves.
Chacun d'eux foule aux pieds l'enseigne des entraves.
Chacun a retrouvé, dans le fond de son sac,
Le signe rédempteur des veilles du bivac [8],
Et, par son dévouement, aussi grand que la Garde,
Arbore avec respect son ancienne cocarde.

GRENOBLE.

ARGUMENT.

Marche du Bataillon. — Arrivée de Labédoyère avec son régiment. — Prédiction. — On aperçoit Grenoble. — Tableau de la ville. — La nuit. — Une halte. — Allocution de Labédoyère. — Triomphe. — Entrée dans la capitale du Dauphiné.

GRENOBLE.

Pour la dixième fois l'astre brillant des nuits
De son domaine sombre éclaire les réduits,
Depuis que l'*Inconstant* à la poupe dorée [1],
Glissa majestueux sur une onde azurée.

Fidèle compagnon du Soldat-Empereur
Le bataillon sacré marche en triomphateur.
Ces guerriers, ces héros! partis pour le combattre,
Sous le même drapeau vont se former par quatre.
En bataille rangés, pourquoi, vieux grenadiers,
Demander sur Grenoble à marcher les premiers?
Attendez; cet honneur appartient à la Garde.
Vous, lanciers polonais! volez à l'avant-garde,
Et le brave *cinquième*, escorté des mineurs,
Partira le dernier suivi des artilleurs.

Au milieu des transports de joie et d'allégresse,
L'*Homme* écoute, et la foule autour de lui se presse.
Il veut plus, il médite un triomphe éclatant.
Tout à coup de sa main, par un geste imposant,
Il découvre son front où sourit l'espérance,
Et montre à ses soldats le chemin de la France.

Le signal se répète, et les fiers vétérans,
Au pas accéléré, défilent sur trois rangs.
Le chef est toujours là; certain d'une conquête,
Il s'élance à cheval et paraît à leur tête
Aussi grand qu'au Thabor. Déjà nos bataillons
Couvrent des champs glacés les humides sillons;
Déjà le cavalier, sur son coursier docile,
Au son de la trompette a dépassé Vizille.
Le vent siffle, mugit! Qu'importe à nos soldats
Que l'hiver expirant sème encor des frimas.
Ils marchent: d'un clairon la lointaine harmonie
Frappe les airs, insulte à sa triste agonie,
Fait parler des rochers les antres souterrains,
Et révèle en mourant quelques preux orphelins [2].
D'un noble dévouement, fraîches avant-courrières,
Des voix, en succédant aux fanfares guerrières,
Annoncent les débris des vainqueurs de Memnon.
A leur tête un héros, beau comme Agamemnon,

Accourt tout haletant et couvert de poussière.
— Arrête, au nom du ciel! brave Labédoyère,
Cet élan généreux est ton arrêt de mort.
Devenu le hochet que brisera le sort,
Puisses-tu reculer ta fin prématurée!
Immortel aujourd'hui comme l'aigle sacrée
Qu'en tes mains l'Empereur baise avec abandon,
Demain tu tomberas sous le plomb d'un Bourbon.
Tu sauves ton pays, ressuscites l'Empire!
Demain tu dormiras du sommeil du martyre.
Dès l'enfance avec toi divisés de partis [5],
Tes frères offriront leur épée à Louis.
Parens dénaturés que l'univers signale,
Sur ta tombe conduits par une ombre royale,
Mêleront-ils au moins à ton sang quelques pleurs?
Du deuil reviendront-ils y déposer les fleurs?
Non!

Du pied ébranlant ta pierre sépulcrale,

Ils danseront ensemble une ronde infernale
Autour de ta dépouille encor teinte de sang,
Et ton rouge linceul sera leur drapeau blanc!

Va! malgré tes bourreaux, les Filles de mémoire
A nos derniers neveux rediront ton histoire.
Tous béniront ton nom, tous seront tes amis,
Et marqueront au front tes lâches ennemis.

Viens, entraîne avec toi ces bataillons terribles
Fameux par leurs surnoms de *braves*, d'*invincibles*!..
Sur ces monts, dans ces lieux, où naquirent Bernard,
De Vaucanson, Villars, Dolomien et Bayard,
Viens! qui peut t'arrêter loin du champ des batailles?
Ne vois-tu pas Grenoble et ses hautes murailles?
Entends sa grande voix descendre des remparts!

Vois, au peuple mêlés, artilleurs et hussards [1]!
Flotter sur tous les points l'étendard tricolore,
Et vingt mille flambeaux représenter l'aurore!

Ce peuple, ces soldats! hommes, femmes, enfans,
Tous ressemblent de loin à des spectres vivans.
On dirait que des morts, fantômes privés d'âmes,
La sombre légion s'agite dans les flammes,
Et que leurs cris de joie et leurs frémissemens
Sont des sanglots affreux, de sourds gémissemens.

On marche : à la clarté des torches allumées,
On a tout vu ; malheur! les portes sont fermées.
Il faut pour les briser et le fer et l'acier ;
Tous les bras sont levés : C'est alors qu'un guerrier,
Sorti des rangs pressés, fait un signe, s'avance,

Parle; et tous, attentifs, l'écoutent en silence;
« La générale bat, soldats, et nous marchons!
« A ce noble signal du tambour, des clairons,
« Venez, jetant au vent le signe qu'on abhorre,
« Joindre notre Empereur et l'aigle tricolore!
« Vétérans, officiers! si grands par vos exploits,
« Venez tous avec nous reconquérir nos droits!
« Que la Postérité dise un jour à la Terre:
« Par des traîtres conduite, une horde étrangère
« Avait d'un joug honteux souillé la France en deuil.»
« Le brave s'est levé: destinés au cercueil,
« Les ennemis du peuple et ceux de notre armée
« Sont rentrés au néant comme une ombre alarmée.
Il a dit, et les cris de *vive l'Empereur*!
Sont la seule réponse au jeune ambassadeur.

Aux coups de nos sapeurs trop longtemps dérobées,
De leurs gonds sans gémir les portes sont tombées [5].

Place au peuple immortel! venez, fiers Grenoblois!
Et, sur vos bras tendus, portez au Roi des rois
Ces portes où sans vous la mitraille inutile
N'aurait jamais trouvé le chemin de la ville.
Le voici le Grand-Homme, à la tête des siens!
Tous les vœux sont pour lui; soldats et citoyens
Se mêlent en chantant, volent sur son passage,
Prodiguant à l'envi le respect et l'hommage.
Il entre : c'est alors qu'un peuple de géants
Le porte avec orgueil dans ses bras nus et grands;
Et la foule assemblée, en sa sublime ivresse,
Fait retentir les airs de ses chants d'allégresse.

LYON.

LYON.

Déjà dans les vallons a souri le printemps.
Pourquoi ces cris d'amour, ces concerts éclatans?
Entendez-vous au loin ces fanfares guerrières?
Regardez! voyez-vous déployer ces bannières?

Avancez, dites-moi : que font ces vieux soldats
Debout, le regard fixe, alignés, l'arme au bras?
Un homme est devant eux, et sa seule présence
Commande à tous les rangs le plus profond silence.
L'avez-vous reconnu celui que nous chantons?
Il marche, il va parler, il s'arrête, écoutons!
Chacun se presse autour du Général d'Arcole,
Et tous vont recueillir sa magique parole :
« C'est parmi vous, soldats, qu'autrefois j'ai servi!
« Compagnons! je vous aime, et vous m'avez suivi
« Toujours nobles et fiers sur le champ de bataille.
« Mais laissons reposer le bronze et la mitraille!
« Que faut-il à la France? Un terme à ses revers,
« Et l'éternel oubli des maux qu'elle a soufferts.
« Les soldats ont en moi retrouvé tous un père.
« Dans le sein d'une paix honorable et prospère,
« D'un repos mérité savourant la douceur,
« Ils jouiront longtemps des charmes du bonheur. »

Et les rangs sont rompus, et six mille vieux braves,
Abandonnant au vent la couleur des esclaves,
Défilent. Ecoutez !... comme un long roulement
De la foudre qui gronde ou le mugissement
De la mer en fureur, leur grande voix se lève,
Meurt, retentit au loin ; et s'éteint comme un rêve.
« C'est la même, ont-ils dit, celle de Marengo ! »
Et leur bouche a pressé l'aigle de leur schako [1],
Ils s'éloignent; volons, devançons leur bannière,
Précédons ces héros jusqu'à la Guillotière.

Voyez le drapeau blanc ! son éclat est terni.
Il flotte encor dans Lyon, mais son règne est fini.
Ces braves, assemblés pour combattre leur *père*,
Iront bientôt grossir sa pompe militaire.
D'Artois répand partout l'argent à pleines mains,
Il promet des honneurs ! Partout de froids dédains

Accueillent son espoir. Las de guerre importune,
Par un dernier effort il tente la fortune :
Camarade, a-t-il dit à l'un de ces dragons
Que le temps décora de trois nobles chevrons,
Que la guerre a couverts de larges cicatrices
Et qu'abreuve Louis de lâches injustices,
Criez : *Vive le roi*!
— « Non! j'écoute mon cœur;
Il ne sait que le cri de *vive l'Empereur*! »

Alors on vit d'Artois, pâle comme un fantôme,
S'enfuir et disparaître escorté d'un seul homme.
Tout est perdu pour lui. Déjà quelques hussards,
Partis en éclaireurs, à braver les hasards
Longtemps accoutumés, pour faire leur entrée
S'avancent au galop avec l'aigle sacrée.
L'allégresse partout éclate; et les soldats,

Pour leur presser la main, se jeter dans leurs bras,
Sur les ponts, sur les quais et sur les promenades,
Attendent, retranchés au sein des barricades.
Le cri de ralliement s'élève dans les airs!
Dragons et fantassins, tous ont brisé leurs fers.
Pour s'ouvrir un chemin, renversant leur barrière,
Ils font avec fracas rouler dans la poussière
Ces madriers géants que leurs bras vigoureux
Rejettent indignés dans le Rhône écumeux.
Tous s'embrassent enfin, baisent l'aigle chérie,
Et chantent, pleins d'amour, l'hymne de la Patrie.

Voyez!... ces vieux soldats qu'enivre encor son nom,
En volant au-devant du grand Napoléon,
Nous montrent le chemin qui conduit à la gloire;
Suivons-les; ils vont tous au temple de mémoire.

Quel est le jeune chef, mortel favorisé,
Qui guide ces guerriers ?... Son bras cicatrisé
Traîne encore après lui le char de la Victoire ;
Ce héros généreux, déjà si vieux de gloire,
Quel est-il ? regardez ! c'est l'immortel Brayer [2]
Qui bientôt confiera ses destins à la mer !

Et Damas l'a quitté ; Tarente l'abandonne [3] ;
Il sera seul. Tant mieux, à lui seul la couronne !
Couronne de martyr que tresse l'amitié.
A lui seul tout l'honneur d'être sacrifié,
D'aller sous d'autres cieux chercher une patrie,
Emportant les regrets de la France envahie ;
D'assurer au Grand-Homme un triomphe nouveau
En marchant précédé de l'immortel drapeau !
A lui seul tous les vœux du brave *quatrième*,
A lui de couronner l'aigle du diadème,

A lui d'ouvrir dans Lyon les portes de Paris,
A lui de renverser le trône de Louis!

Il parle; et ses dragons, et la foule attentive,
Pour entendre sa voix, se pressent sur la rive;
« Napoléon revient dans la grande cité
« Qu'il combla de bienfaits dans sa prospérité;
« Où sa main, effaçant de vieilles cicatrices,
« Protégea les beaux-arts, sema des édifices.
« Sur les champs de bataille, au sein de ses palais,
« Il veilla sur vos droits, et sur vous, bons Lyonnais!
« C'est lui qui l'arracha, notre belle patrie
« Aux horreurs des partis, au sang, à l'anarchie!
« C'est lui qui, méprisant l'orgueilleux Vatican,
« S'élança du Simplon au rivage ottoman;
« Et qui, vous conduisant, soldats! à la victoire,
« Vous ramena couverts des lauriers de la gloire!»

Et sa main aussitôt, et le peuple-guerrier
Désignent au lointain un léger cavalier
Dont l'agile coursier, plein d'une noble audace,
Sur l'arêne en courant ne laisse aucune trace,
Vole, approche, s'arrête; et fuit comme un éclair [4]!
Son maître est dans les bras du fidèle Brayer,
Et deux cent mille voix, s'élevant de la plaine,
Redisent tour-à-tour : « C'est le grand capitaine! »

C'est lui! dans un baiser solennel et fatal,
Ces mots retentissans : *grand merci, Général!*
Comme un long cri de mort, sortis de sa poitrine,
Réveillent des bourreaux la fureur assassine.
Ton nom sera proscrit; et toi, pauvre exilé,
Dans de brûlans climats, de tes fils isolé,
Brayer! tu mêleras, enfant de deux familles [5],
Tes larmes, tes soupirs aux échos des Antilles.

Mais ton nom! ce *baiser!* malgré la royauté,
Iront en grandissant à la postérité.

Et lui qui, recouvert de la triple auréole [6],
N'osa pas en soldat mourir au pont d'Arcole,
Que fait-il maintenant? Son étoile a pâli,
Et l'ingrat pour jamais s'est, hélas! avili.
Il n'est pas là, tant mieux! il n'est plus notre frère
Depuis qu'en livrant Lyon il a trahi son *père;*
Depuis que lâchement, insultant au malheur,
Il a flétri sa gloire et souillé son honneur
En attachant lui-même un crêpe à sa bannière.
Fleuves, lavez la rue; effacez sur la pierre
L'empreinte de son pas! Plus tard, sur son tombeau,
Nos fils liront: *Ici, gît le traître Augereau.*

Jamais on ne peindra l'ivresse frénétique

Qui, de Lyon agitant l'illustre république,
Révèle à l'univers sa magnanimité
Et prépare sa place à l'immortalité!
Qui redira l'histoire et les noms des *six mille*
Aimés, chéris, portés par la foule indocile?

Tel un torrent, grossi par l'orage du soir,
Au milieu des rochers promène un limon noir,
S'élance en frémissant, roule, mugit et gronde!
Bondit, mugit encore entraînant dans son onde
Des arbres foudroyés les troncs déracinés,
Des rochers fracassés les débris calcinés,
Le peuple et les soldats, comme aux vieux temps de Rome
Dans leurs bras amoureux emportent le grand Homme.

PARIS.

ARGUMENT.

Départ de Lyon. — Avant-garde commandée par Brayer. — Marche rapide de l'armée. — Réconciliation de Ney avec Napoléon. Arrivée devant Paris. — Toutes les troupes de la capitale se rallient au drapeau tricolore. — Triomphe de l'Empereur. — Sa proclamation. — Son entrée.

PARIS.

Oui, généreux Lyonnais! embrassez-les encor
Ces soldats voyageurs, vieux enfans du Thabor?
Gardant le souvenir de votre amour suprême,
Chacun d'eux vous dira : « Bons Lyonnais je vous aime [1].»

Ils pleurent en partant, recevez leurs adieux.
Puissent-ils dans Paris, entrant victorieux,
Trouver dans tous les cœurs le prix de leur conquête!

Ils défilent, voyez! et Brayer, à leur tête,
Va, de Napoléon devançant le retour,
Publier en passant le lever du *grand jour;*
Il dira votre joie en voyant notre *père,*
Et puis, à son départ, votre douleur amère.
Guerre, guerre éternelle aux tyrans de nos droits!
Il faut à notre France un prince de son choix.
Le voilà! toujours grand, il pardonne aux rebelles,
Relève sur les *lys* ses couleurs immortelles;
Certain jusqu'à Paris de porter ses succès,
Il sème des lauriers dans nos champs de cyprès.

On marche; et l'Empereur, et sa fidèle armée,
Tous à pas de géant suivent la Renommée,

Dépassent en chantant Villefranche et Mâcon,
Laissent loin derrière eux, et Tournus et Châlon
Dont le patriotisme arrêta des Tibères
Pendant quarante jours les hordes étrangères [2],
S'avancent sur Autun, traversent Avallon,
Toujours aimés, bénis, passent à Vermanton,
Entrent, félicités par Gamot, dans Auxerre,
Où le malheureux Ney, demi-dieu de la guerre,
Reçoit dans un baiser, messager de la mort,
L'adieu toujours soumis aux volontés du sort,
Quittent Fontainebleau, la ville du martyre,
Où finit un royaume et commence un Empire [3];
Et de mille combats ces glorieux débris
Arrivent triomphans aux portes de Paris.

Généraux et soldats que le bonheur rassemble,
Cavaliers, fantassins, tous accourent ensemble.

Lanciers, dragons, hussards, cuirassiers, artilleurs,
Tous volent dans les bras de leurs libérateurs;
Et, sublimes soutiens, son peuple, son armée,
L'arrachant à l'amour de sa Garde alarmée,
Entrelaçant leurs bras, lui formant un pavois,
Y placent, malgré lui, l'Empereur de leur choix.

Il parle; et les soldats, et la foule pressée
Paraissent tous remplis de sa grande pensée :
« Je suis venu, Français! à travers les frimas,
« Certain du souvenir du peuple et des soldats.
« Vous avez couronné mes vœux et mon attente;
« Merci, soldats, merci! Notre gloire présente
« Appartient toute au peuple, appartient toute à vous;
« Oh! c'est assez pour moi de vous connaître tous! »
Il se tait; les accens de l'amour, du délire,
Comme un parfum du ciel ou les sons d'une lyre,

En suaves accords, touchans, mélodieux,
S'échappent de nos cœurs et montent vers les cieux.

Puis, voyant accourir, et les chefs de la Garde,
Et Cambronne avec l'aigle et sa vieille cocarde :
« Voilà les officiers du bataillon sacré
« Qui, sur un noir rocher au malheur consacré,
« Vint, du pauvre exilé soulageant la souffrance,
« Epancher dans son sein les larmes de la France!
« Ils sont tous mes amis; et quand je les voyais,
« Ils me représentaient nos régimens français.
« De ces six cents soldats, tous enfans de l'armée,
« Quelques-uns m'ont suivi dans les champs d'Idumée.
« Tous! en se racontant Austerlitz, Aboukir,
« Me rappelaient nos jours d'immortel souvenir,
« Ces luttes de géants, leurs jeux et leurs délices!
« Où tous ils ont reçu de nobles cicatrices.

« En les aimant, soldats, c'est vous tous que j'aimais!
« Saluez, embrassez ces vieux aigles français,
« Déchirés par le plomb, noircis par la fumée!
« Les donnant à Drouot, je les donne à l'armée;
« Qu'ils vous servent, soldats, de point de rallîment!
« La trahison jadis, dans son aveuglement,
« Les avait recouverts d'un long crêpe funèbre.
« Aujourd'hui, grâce à vous, grâce au peuple célèbre,
« Ils reparaissent fiers et tout resplendissans
« De l'éclat de leur gloire et de vos vœux puissans.
« Jurez qu'ils voleront partout où la Patrie
« Aura, pour s'illustrer, besoin de leur furie?
« Que les traîtres et ceux qui creusent leur tombeau
« N'en puissent du regard soutenir le flambeau! »
Et ces cris solennels : *Oui, nous le jurons, Sire!*
Mêlés à l'air : *Veillons au salut de l'Empire*,
Sont pour Napoléon, en triomphe porté,
L'anathême éternel contre la Royauté.

SAINTE-HÉLÈNE.

SAINTE-HÉLÈNE.

Il a, depuis vingt ans, terminé sa carrière,
L'Homme qui fit jadis trembler l'Europe entière,
Et sa grande ombre encore épouvante les rois.
Loin de tous ses enfans, loin de sa belle France,

Il dort sur un rocher où jamais l'Espérance
Ne lui fit entendre sa voix.

Pour la clé de geolier, l'Angleterre endettée,
Troqua son sceptre d'or; et, nouveau Prométhée,
Le héros a sondé l'abîme du malheur.
Au-dessus de la mer où le rocher surplombe,
Le vautour d'Albion plane encor sur la tombe
Que recouvre un saule pleureur.

Pourquoi, sous la Colonne, en face de la Seine,
N'avoir pas déposé l'immortel Capitaine?
Craignez-vous que son ombre, écartant son linceul,
Ne détruise en passant les sceptres, les couronnes,
Bouleverse le monde et renverse les trônes
Avant de rentrer au cercueil?

Le temps n'est pas venu de montrer à la terre
Les restes du mortel qui lança le tonnerre.
Sa chute fut rapide, il marchait à grands pas;
Mais en laissant partout des traces de sa gloire.
Si quelques apostats ont trahi sa mémoire,
L'univers ne l'oublîra pas !

Dormez, mânes plaintifs! jusqu'au jour où la France,
Libre enfin de voler pour votre délivrance,
Ira, de votre gloire évoquant le flambeau,
Briser les lourds anneaux de votre forte chaîne;
Et puis, s'agenouillant, triste, dans Sainte-Hélène,
Jeter des fleurs sur un tombeau.

O vous, dont l'amitié soulagea l'infortune,
Vous qui la défendez encore à la tribune,

De l'illustre captif redites les tourmens!
Racontons ses malheurs à l'Europe, à la terre!
Et, vengeurs éternels, vouons à l'Angleterre
La honte de vils châtimens.

Avance le premier, ô toi, dont la mémoire,
A son culte en nos cœurs, son autel dans l'histoire!
Viens, fidèle Bertrand, montre aux soldats français
Du plus grand des héros la redoutable épée,
Celle qui, les guidant au tombeau de Pompée,
Plus tard écrasa les Anglais.

Et vous l'avez suivi sur la terre étrangère!...
Hélas! vous n'avez pu consoler sa misère,
Brave Gourgaud, Marchand, Las-Cases, Montholon!
Vous ne formiez là-bas qu'une même famille,

Et le soir vous pleuriez, assis sous la charmille,
Le jeune officier de Toulon.

Marchant d'un pas hardi sur l'océan des mondes,
Le temps n'épargne rien dans ses fatales rondes.
Moissonnant à la fois le vieillard et l'enfant,
Il n'écoute jamais ni larmes ni prière;
Il marche! et tout finit quand sa faux meurtrière
Vient à s'incliner en passant.

Où sont ces vieux soldats, vainqueurs de l'Idumée,
Et ces vaillans débris de notre grande armée?
—Presque tous morts! les uns dans des climats lointains;
D'autres, en recevant les adieux du village.
Quelques-uns sont debout, mais abîmés par l'âge,
Mais dévorés par les chagrins!

Et tu vieillis aussi, noble ami du grand Homme,
Toi, dont le dévoûment, digne des temps de Rome,
Est toujours resté pur même après son trépas!
Oui, Marchand, tu vieillis; oui, malgré ta jeunesse,
On voit ton front courbé sous la morne tristesse
Qu'avant tu ne connaissais pas.

Que je maudis le jour qui trop tard m'a vu naître!
Pourquoi, ciel! oh! pourquoi ne m'a-t-on donné l'être
Que pour vivre ignoré demain comme aujourd'hui!
Si Dieu qui nous créa m'a fait à son image,
Pourquoi m'a-t-il jeté, faible, au sein de l'orage,
Sans m'avoir prêté son appui?

Eh bien! Marchand, j'aurais voulu naître à ta place,
M'élancer en pensée au milieu de l'espace,

Voler jusques aux cieux ne pouvant faire plus;
J'aurais, ainsi que toi, pleuré sur la mémoire
De celui qui t'envoie un rayon de sa gloire;
Mais qui m'eût donné tes vertus?

Aux fétides poisons qu'un air pesant distille,
Ils ont osé mêler la cruauté subtile
D'un lâche. *L'Homme* alors s'endormit immortel!
N'est-ce pas qu'il est mort brisé par la souffrance?
Que ses derniers adieux s'envolaient vers la France
Quand son âme est montée au ciel?

Tu le sais; tu veillais à son heure dernière,
Toi qui vis d'ici-bas s'éclipser la lumière.
Vainement tu cherchas : l'Homme avait disparu;
Et l'aigle des Cent-Jours, s'exilant de la terre,

Prit son bruyant essor par-delà le tonnerre;
Un nouvel astre avait paru!

Alors un cri, pareil à la foudre qui gronde,
Partit de Sainte-Hélène; il semblait dire au monde:
« *Il est mort!*... Déposant son manteau de captif,
« Le plus grand de tes rois, aujourd'hui qu'il succombe,
« A pour trône un rocher! pour *empire* une tombe!
« Demain, aura-t-il un esquif?

—«Non! tous les rois ont peur!» Le bruit roula sur l'onde,
Et puis, on n'entendit plus rien. La mer profonde,
Soulevant jusqu'au ciel ses montagnes de flots,
Seule élevait la voix; et, de ses flancs vomie,
Revomissait sans cesse une écume blanchie
Flottant sans trève ni repos.

Toi qui sus le trahir, dis-moi, vieille Angleterre,
Sans pâlir osas-tu l'arracher à la terre,
Et le clouer vivant au faîte d'un rocher?
Il a sauvé la France, illustré sa patrie!
Avait-il mérité cette affreuse agonie?
Pourquoi sitôt le *dépêcher?*

On a pu le priver, dans sa douleur amère,
Des larmes d'une sœur, des baisers d'une mère!
On a pu lui ravir les caresses d'un fils;
Oublîra-t-on jamais ses vingt ans de victoire?
Qui lui refusera quatre mille ans de gloire
Commencés aux champs de Memphis?...

Et tu n'es pas repu quand tu baves le crime?
Repose-toi, bourreau; tu n'as plus de victime!

Va, la postérité connaîtra tes méfaits !
Fuis, misérable Hudson ! notre vengeance est prête :
Ton nom, couvert de honte, appelle sur ta tête
L'immortalité des forfaits.

Maudit du monde entier, chassé de ta patrie,
Puisses-tu, poursuivi jusques après ta vie,
Traîner dans les enfers l'opprobre du paria !...
Si nous te méprisons, bâtard de l'Angleterre,
La France a couronné des fleurs de son parterre
Le vertueux O'Meara.

— Le temps n'est pas venu de montrer à la terre
Les restes du mortel qui lança le tonnerre.
Sa chute fut rapide ; il marchait à grands pas ;
Mais en laissant partout des traces de sa gloire.

Si quelques apostats ont trahi sa mémoire,
L'univers ne l'oublîra pas!

Dors, ô Napoléon! Que ta grandeur passée,
De ta cendre immortelle à renaître empressée,
Ne se relève plus qu'au bruit de cent tambours!
C'est le peuple qui parle, et sa voix est suprême;
Il te jette l'espoir; attends le diadème :
Attends, il t'aimera toujours!

5 mai 1839.

LA PATRIE.

LA PATRIE.

Noble France, à genoux!... le funèbre tambour
Du Soldat-immortel annonce le retour.
Regarde, il est bien mort. Sur l'une et l'autre rive,
Du peuple et des soldats entends la voix plaintive!

Écoute le clairon! ses lugubres accens
Mêlent leurs cris de deuil à nos gémissemens.

Enfin il a quitté l'étroite Sainte-Hélène.
Ses vœux sont accomplis. Sur les bords de la Seine,
Sous notre beau ciel bleu, sous le soleil français,
Au milieu de son peuple il va dormir en paix.

La voilà son ombre chérie !
La voilà sur le sol de la grande Patrie.
Fuyez, traîtres! fuyez, votre règne est passé.
Son terrible regard et son front courroucé
Sont les premiers éclairs d'une affreuse tempête
Sur vous à fondre toute prête.

Oui, le ciel aujourd'hui vous parle par ma voix,
Partez! vous reviendrez pleurer une autre fois.

Lâches ! qu'avez-vous fait de notre belle France
Si redoutée hier par la *Sainte-Alliance?*
Vous l'avez fait déchoir de son rang glorieux,
Osez donc une fois imiter nos ayeux;
Cessez de vous traîner aux pieds de l'Angleterre
Pour mendier la paix.—Plutôt cent fois la guerre
Que notre déshonneur!—L'Anglais nous crache au front ?
Du sang ! c'est par le sang qu'on venge un tel affront ! !

Vous faut-il l'exemple d'un crime?
Regardez devant vous!... cette auguste victime
Qui n'a de son passé rien, plus rien que le nom ;
Mais ce nom glorieux de *grand Napoléon!*
N'a-t-elle pas souffert, après ses jours d'Empire,
Les longues heures du martyre?

Est-ce assez? — répondez ! —que voulez-vous encor ?
Ce ne sont pas des mots, à vous il faut de l'or !

Eh bien ! je n'en ai pas. Ayez donc le courage
De ne pas vous sauver quand grondera l'orage;
Vous-mêmes, secouant le linceul du sommeil,
Du drame de *vingt ans* ordonnez le réveil?
Vous ne l'oseriez pas. La très Sainte-Alliance
Vous a mis à genoux. — Restez en pénitence;
Mais n'allez pas du moins, dans un temple français,
Chanter : *la paix toujours*! au profit des Anglais.

Si ton drapeau, France chérie!
Avait sous ses longs plis abrité la Syrie,
Tu serais grande encor, grande comme autrefois.
Ils ont fui, tes bâtards! ils ont eu peur des rois;
Ils ont peur de leur ombre. — Assez de félonie!
Cesse ton râle d'agonie!
France, allons! lève-toi, fière de ton passé,
L'honneur sera ton fiancé.

Mais, qui te conduirait sur les champs de bataille
Affronter tant de fois l'homicide mitraille ?
Quel bras raménerait nos joyeux bataillons,
Au pas accéléré, dans les rouges sillons
De la victoire ? — quel assez grand capitaine
Battrait, pendant vingt ans, une fois par semaine
Nos nombreux ennemis ? — quelle assez forte main
Oserait seulement, France ! jusqu'à demain
S'armer de la terrible épée
Du géant qui, deux fois, prit l'ombre de Pompée
Pour témoin de sa gloire? — O toi ! du haut des cieux,
Toi qui veillas toujours sur mes nobles aïeux,
Mon Dieu, fasse aujourd'hui qu'un miracle s'achève!
Tu nous le rends mort, qu'il se lève !
Qu'il sorte du cercueil pour venger, en un jour,
Vingt-cinq ans de mépris, de honte !! — Son retour
A retrempé nos cœurs. — Que ton cri, noble France,
Soit un long cri de mort à la *Sainte-Alliance !*

A genoux, à genoux! le funèbre tambour
Du Soldat-immortel annonce le retour.

Enfin il a quitté l'étroite Sainte-Hélène.
Ses vœux sont accomplis. — Sur les bords de la Seine,
Sous notre beau ciel bleu, sous le soleil français,
Au milieu de son peuple il va dormir en paix.

15 décembre 1840.

MAZAGRAN.

MAZAGRAN.

I.

France, pour toi se lève une éclatante aurore !
Bondis d'un saint orgueil, car tu grandis encore.

Porte ton front bien haut ! que ton immense voix
Monte jusques aux cieux raconter tes exploits !...
Fils de la Liberté, ces soldats sont mes frères !
Héros de Mazagran, ces braves sont tes fils !
Ils égalent nos pères ;
Sur ton arc triomphal, que leurs noms soient inscrits !

Aux sables africains surgit en sentinelle
Un vieux bloc de rochers, moderne citadelle.
Sur son front sourcilleux que les temps ont lassé,
Le boulet dévorant n'a pas encor passé.
Comme ce calme affreux qui berce la tempête,
Un silence de mort enveloppe sa tête.
Tout-à-coup l'air frémit,
Le sol tremble, gémit.
Sur la terre qui croule,
C'est la foudre qui roule !
L'enfer s'est entr'ouvert

Et, brisant leurs entraves,
Il vomit ses esclaves
Au milieu du désert.
Entendez-vous ces cris des enfans du prophète ?
Mortels trop aveuglés, ils cherchent une fête ;
Ils ne trouveront que la mort.
Tel un nuage de poussière,
Chassé par le souffle du nord,
Secoue, en fuyant, sa crinière,
Trois mille circoncis, de rage transportés,
Excitent du talon leurs coursiers indomptés,
Dont les pieds font jaillir l'éclair et le tonnerre.
Les voilà !.. brandissant leurs grands sabres de guerre,
Élancés furieux, ainsi que l'ouragan,
Ces fougueux cavaliers, noble appui du Coran,
Dès l'enfance exercés à d'horribles mystères,
Entourent en hurlant l'asile de nos frères.

Plus pesans dans leur marche et non moins insensés,
Les hideux fantassins viennent à pas pressés.
Crédules Musulmans qu'instruisit l'ignorance,
Avides de carnage, altérés de vengeance,
Ils suivent Mustapha qui, l'espoir des croyans,
Leur promet aujourd'hui le massacre des Francs.
Les voyez-vous, quittant leur allure africaine,
Marcher au pas français, s'avancer dans la plaine;
Et bientôt arrêtés, crénelant les maisons,
D'un combat sans merci rallumer les tisons?
Entendez : le canon tonne, la fusillade
Eclate! — Le sauvage est prêt pour l'escalade!
Ces nomades Bedouins, l'un sur l'autre entassés,
Fanatiques soldats à mourir empressés,
Etreignent dans leurs bras la redoute enflammée
Qui, voilant ses desseins d'une épaisse fumée,
Ecrase ces géants que décime le sort;
Gronde et vomit toujours la mitraille et la mort.

France, pour toi se lève une éclatante aurore !
Bondis d'un saint orgueil, car tu grandis encore.
Porte ton front bien haut ! que ton immense voix
Monte jusques aux cieux raconter tes exploits !...
Fils de la Liberté, ces soldats sont mes frères !
Héros de Mazagran, ces braves sont tes fils !
Ils égalent nos pères ;
Sur ton arc triomphal, que leurs noms soient inscrits !

II.

Tout se tait, l'ennemi, honteux de sa défaite,
A simulé dans l'ombre une prompte retraite.
Le sol jonché de morts, de blessés, de mourans,
Semble un tapis de deuil parsemé de points blancs :
Se creusant sous le poids de cadavres fétides,

Subissant les baisers de leurs lèvres livides,
Il s'abreuve altéré du sang de ses enfans
Moissonnés presque tous à la fleur de leurs ans.

Quelques-uns à la mort échappés par la crainte,
Errans, las de traîner leur honteuse contrainte,
Se décident enfin, ralliés par la peur,
A suivre de nouveau leur prophète menteur.
Voyez-les, un par un, dans leur lâche démence,
Protégés par la nuit, ramper dans le silence!

En vain, ils ont tenté de surprendre nos preux
Qui, la truelle en main, imitant leurs aïeux,
Le fusil sous le bras et l'oreille attentive
Toujours au moindre bruit, prêts pour la défensive,
Deviennent à la fois et maçons et soldats.
Qu'ils sont grands à cette heure, en face du trépas,
Ces guerriers de vingt ans, si vieux par leur vaillance!
Debout sur un volcan, géants audacieux,

Sans désespoir, sans espérance,
De leurs maux toujours oublieux,
Préférant au repos une longue souffrance,
Voilà ces enfans de la France !

•

Ils veillent ; le devoir leur défend de dormir.
Regardez ! aucun d'eux ne se plaint d'obéir
A l'honneur.—L'ennemi, si fougueux tout-à-l'heure,
Semble avoir fui ces lieux. Autour de leur demeure,
Tout est silencieux. — Cependant, écoutez :
Ces longs rugissemens, dans l'espace jetés
Comme les précurseurs d'une grande tempête,
Eh bien ! ces hurlemens, ce sont les cris de fête
De dix mille Bedouins arrivés tout exprès
Pour boire à rouges bords dans des crânes français !
Ce n'est plus seulement une cohorte altière
De barbares cuivrés, c'est une armée entière,
Une lave, un amas d'hommes et de chevaux
Transformés lâchement en infâmes bourreaux !

Regardez-les passer, rapides sur le sable,
Comme ces noirs démons qu'autrefois dans la fable
On voyait, pêle-mêle, au-dessus des châteaux,
Voltiger dans la nuit tous armés de flambeaux;
Et dont les cris, toujours cadencés et funèbres,
Semblaient un glas de mort tombé dans les ténèbres!
Ils ont hurlé le nom de leur prophète-Dieu.
Maintenant ils sont sûrs, par le fer et le feu,
D'exterminer des Francs cette poignée impie
Que trop longtemps leur glaive a laissée impunie!

« Malheur à vous, chrétiens maudits,
Pour oser braver nos édits!
Si par notre bonté, détournant la tempête
Prête à fondre sur vous,
Hier nous avons en deuil changé si belle fête,
Aujourd'hui la voix du prophète
Du dernier infidèle a réclamé la tête.
L'horloge du trépas va sonner pour vous tous;

Fuyez, il en est temps, ou redoutez nos coups! »
Et puis, en rugissant d'infernales paroles,
En agitant dans l'air leurs rouges banderoles,
Ils volent au combat. — Voici l'heure de mort!
Ecoutez, écoutez : Le seul canon du fort
Répond avec fracas à l'immense tonnerre
Des canons ennemis, — l'homme tient bon, la pierre
Tombe sous le boulet qui lui fouille le flanc,
Et montre, cimenté de sueur et de sang,
Un chemin tout frayé pour un assaut terrible.
C'en est fait des Français! — Jusqu'alors invincible,
La troupe des deux mille, élite de soldats,
Bondit comme un seul homme; et, bravant le trépas,
S'élance sur la brèche. — Alors, un long silence
Règne au milieu du fort : le drapeau de la France,
Sur ses murs déchirés, cependant flotte encor.
A cette heure, où la gloire a repris son essor,
Tant de nobles efforts deviendraient inutiles?
Quoi! vous auriez aussi, Français! vos Thermopyles?

Ces braves, entourés d'un peuple tout entier,
Seraient-ils tous tombés sous son fer meurtrier?
Quoi! de ces fiers géants, dans cette lutte horrible,
Aucun n'a pu survivre à la haine terrible
Des lâches Musulmans? — Aucun de ces soldats,
Illustrés aujourd'hui par d'immortels combats,
N'est resté pour nous dire : « Ecrivez dans l'histoire
Que 122 Français sont morts couverts de gloire! »

Que sont-ils devenus? France! où sont tes enfans?
Où sont-ils, réponds-moi?—Regarde : les croyans,
Au combat envoyés au nom de leur prophète,
S'entassent sur la brêche, hurlant leurs cris de fête!
On dirait des chacals descendus des forêts
Pour faire un long festin de cadavres français.
Les voilà bien joyeux, ces bourreaux mercenaires!
Ils vont planter enfin sur les corps de nos frères
Leur sanglant étendard.—Mais, qui vois-je au milieu

De ces hommes de sang se dresser comme un Dieu?
Honneur, honneur à lui, car déjà la victoire
Epanche sur son front les rayons de sa gloire !
Oh ! c'est un noble enfant, un valeureux soldat !
Il va grandir encor dans un dernier combat :
C'est le brave Lelièvre !... A sa voix formidable,
Ses jeunes compagnons, phalange redoutable,
Se lèvent grands et fiers!—Honneur aux cent vingt-trois!
Honneur à ces géants, dont les brillans exploits
Vont étonner le monde ! — A la ruse de guerre
Ils joignent le courage; et, lançant le tonnerre,
Ils redoublent d'efforts. De leurs feux dévorans
Ils couvrent l'ennemi, dispersent tous ses rangs;
Et sèment à la fois la mort et l'épouvante.
Le sang coule partout ; la grenade éclatante,
Vole, et l'Arabe meurt en voulant s'échapper.
Un Dieu semble indiquer où le plomb doit frapper ;
Il a marqué du doigt chacune des victimes :

Déjà six cents Bedouins ont expié leurs crimes;
Le reste prend la fuite; et le drapeau français
Brille du noble éclat de ce nouveau succès!

France, pour toi se lève une éclatante aurore!
Bondis d'un saint orgueil, car tu grandis encore.
Porte ton front bien haut! que ton immense voix
Monte jusques aux cieux raconter tes exploits!...
Fils de la Liberté, ces soldats sont mes frères!
Héros de Mazagran, ces braves sont tes fils!
Ils égalent nos pères;
Sur ton arc triomphal, que leurs noms soient inscrits!

III.

Aux intrépides chefs de ces hordes sauvages,
Il faut encor des nuits et des jours pleins d'orages;

A leur ardente soif il faut encor du sang;
Il faut, par Mahomet, immoler chaque Franc!
Qu'importent deux assauts?—Dans leur aveugle rage,
Ils veulent se vautrer au milieu du carnage :
Donc, ils marchent combattre une troisième fois;
Et l'Arabe autour d'eux se rallie à leur voix.

De nouveaux assiégeans que la fureur domine
Ont déserté la plaine et gravi la colline.
Ces modernes croisés, défenseurs du Coran,
Se répandent en foule autour de Mazagran.
D'énormes madriers, dressés près des murailles,
Sont le signal affreux de promptes funérailles :
Sur cet âpre chemin, s'avançant avec art,
Déjà quelques Bedouins atteignent le rempart;
Mais nos braves soldats, tout bouillans de courage,
Volent au devant d'eux, en font un grand carnage;
Et, luttant corps à corps avec ces vrais démons,

Les entassent mourans en face des canons.
Bientôt le bronze tonne et lance la mitraille.
Sa grande voix enfin termine la bataille ;
Et de tant d'ennemis si courageux, si beaux!
Il ne reste plus rien que d'informes lambeaux.

Cependant regardez : le rusé despotisme
Pousse encore en avant l'ignorant fanatisme.
Le prophète a parlé : plus qu'un dernier effort!
Il faut à ses soldats la victoire ou la mort.
Le désespoir, la honte ont grandi leur courage.
Ils bavent en marchant l'écume de la rage;
Et, n'écoutant alors que leur sublime orgueil,
Ils transforment le sol en un vaste cercueil.
Comme pour arracher ces faits à leur histoire
Et ravir à leur nom tout souvenir de gloire,
Ou bien pour effacer ces sanglantes horreurs

Que ne pourraient laver d'un peuple tous les pleurs,
Le boulet qui creusa leur demeure dernière
Les recouvre après lui d'un linceul de poussière.

En face du réduit, sous le feu des remparts,
L'Arabe hardiment plante trois étendards
Environnés bientôt d'une fidèle armée
Sans cesse combattant, mais toujours décimée.

Quoi! des monceaux de morts tombés de chaque rang,
Quoi ! des lambeaux de chair, du sang, partout du sang!
Couvrent le sol qui plie ; et des soldats encore
S'élancent au-devant du boulet qui dévore ?
Oh ! c'est que ces guerriers défendent le Coran ;
C'est qu'au prix de la vie il leur faut Mazagran;
C'est que tous sont venus au nom de leur prophète,
Et que pour eux la mort devient presqu'une fête !

Honneur aux *cent vingt-trois* dont la noble valeur
Mérite à chacun d'eux le signe de l'honneur!
La France avec orgueil, soldats! vous remercie.
Vous avez assez fait pour la mère-patrie :
Vous avez soutenu des combats éternels ;
Vous avez triomphé : vous êtes immortels !

France, pour toi se lève une éclatante aurore!
Bondis d'un saint orgueil, car tu grandis encore.
Porte ton front bien haut! que ton immense voix
Monte jusques aux cieux raconter tes exploits!...
Fils de la liberté, ces soldats sont mes frères!
Héros de Mazagran, ces braves sont tes fils!
Ils égalent nos pères ;
Sur ton arc triomphal, que leurs noms soient inscrits!

FIN.

NOTES.

NOTES

DE L'ÎLE D'ELBE.

(1) Que de nobles martyrs rougiront de leur sang,

Ney, Labédoyère, Mouton-Duvernet, sont tombés sous les coups du fanatisme royaliste. Leur condamnation était certaine avant même qu'ils fussent mis en jugement.

(2) Un lambeau de sa gloire

Louis XVIII récompensait largement ceux qui lui étaient aveuglément dévoués, et c'était un grand honneur que d'être distingué de Sa Majesté très chrétienne.

(3) On ose humilier notre vaillante armée,
Un ministre odieux l'a déjà décimée,

L'armée, humiliée par d'insolens mépris, avait vu décimer le corps de ses officiers par un ministre, et ce ministre était l'accusé de Baylen ! Trois mille vétérans, mutilés dans les guerres de la République et de l'Empire, allaient en mendiant, porter à leurs villages les nouvelles du changement de système; chassés de l'hôtel des Invalides, ils avaient été tous remplacés par des Vendéens et des chouans.

(DE NORVINS, *Histoire de Napoléon*).

On m'a raconté que c'était un spectacle affreux que de voir ces vieux braves s'en allant, les uns sans bras, d'autres sans jambes, et tous condamnés à la plus hideuse misère!

(4) La terre garde encor ses vêtemens de deuil
Jusqu'au jour où son roi sortira du cercueil.

Allusion à Napoléon. Les bonnes gens croient encore que son retour en France hâta le réveil du printemps. On raconte que le jour qu'il posa le pied sur le sol de la patrie, le ciel qui était gris devint bleu, le soleil brilla, le printemps sourit, et la terre qui, la veille, était enveloppée de son manteau d'hiver, se para de sa gracieuse robe de fleurs. Aussi, le soldat, dans sa noble fierté, surnomma-t-il Napoléon le *Père-la-Violette.*

(5) Ecoutez : un concert d'instrumens et de voix
Éveille les échos assoupis dans les bois.

Tout se trouva bientôt prêt pour le départ; une troupe de mille hommes, dont six cents de la garde, deux cents chasseurs corses, deux cents fantassins et cent chevau-légers polonais, reçut tout-à-coup l'ordre d'embarquement par un coup de canon, le 26 février, à huit heures du soir. Napoléon choisit ce jour où le commandant de la station anglaise était parti pour Livourne; et, afin d'éloigner tout soupçon, il donnait lui-même une fête dont sa mère et sa sœur Pauline faisaient les honneurs. Il s'y déroba.

(DE NORVINS, *Histoire de Napoléon*).

NOTES

DE LA MURE.

---

(1) Sur ces bords

A trois heures après midi, le 1er mars 1815, le brick *l'Inconstant* entra dans le golfe Juan. A cinq heures, le débarquement était achevé. On établit un bivouac au bord de la mer, dans une plantation d'oliviers, où l'on resta jusqu'au lever de la lune.

(2) Presque sur cette plage.

Après cinq jours de traversée, dit Napoléon, notre flotille n'éprouva pas d'accident. Nous revîmes la côte de France près de la même plage où j'avais pris terre quinze ans avant à mon retour d'Égypte. La fortune semblait me sourire comme alors. Comme alors, je revenais sur cette terre glorieuse pour relever ses drapeaux et lui rendre son indépendance.

(3) Plante le saint drapeau sur le pont de la Mure,
Et suspend malgré lui sa conquête future.

Le 6, à deux heures après midi, l'Empereur partit de Gap, et la population de la ville tout entière était sur son passage. Le même jour il coucha à Gorp. Les quarante hommes d'avant-garde du général Cambronne allèrent coucher jusqu'à la Mure. Ils se rencontrèrent avec l'avant-garde d'une division de six mille hommes de troupes de ligne qui venait de Grenoble pour arrêter leur marche. Le général Cambronne voulut parlementer avec les avant-postes. On lui répondit qu'il y avait défense de communiquer. Cependant cette avant-garde de la division de Grenoble recula de trois lieues, et vint prendre position entre les lacs, au village de ***.

L'Empereur, instruit de cette circonstance, se porte sur les lieux. Il trouva sur la ligne opposée :

Un bataillon du 5e de ligne,

Une compagnie de sapeurs,

Une compagnie de mineurs.

En tout, sept à huit cents hommes.

Il envoya son officier d'ordonnance, le chef d'escadron Roul, pour faire connaître à ces troupes la nouvelle de son arrivée; mais cet officier ne pouvait se faire entendre. On lui opposait toujours la défense qui avait été faite de communiquer. L'Empereur mit pied à terre et alla droit au bataillon, suivi de la garde portant l'arme sous le bras. Il se fit reconnaître, et dit que le premier soldat qui voudrait tuer son Empereur le pouvait. Le cri unanime de *Vive l'Empereur !* fut la réponse.

Ce brave régiment avait été sous les ordres de Napoléon dès ses premières campagnes d'Italie. La garde et les soldats s'embrassèrent. Les soldats du 5e arrachèrent sur le champ leur cocarde, et prirent avec enthousiasme et la larme à l'œil, la cocarde tricolore.

Lorsqu'ils furent rangés en bataille, l'Empereur leur dit :

« Je viens avec une poignée de braves parce que je compte sur le peuple et sur vous. Le trône des Bourbons est illégitime; puisqu'il n'a pas été élevé par la nation. Il est contraire à la volonté nationale, puisqu'il est contraire aux intérêts de notre pays et qu'il n'existe que dans l'intérêt de quelques familles. Demandez à vos pères, interrogez tous ces habitans qui arrivent ici des environs, vous apprendrez de leur propre bouche la véritable situation des choses. Ils sont menacés du retour des dîmes, des priviléges, des droits féodaux et de tous les abus dont vos succès les avaient délivrés. — N'est-il pas vrai, paysans ? » — « Oui, Sire ! répondent-ils tous d'un cri unanime. On voulait nous attacher à la terre ; vous venez comme l'ange du Seigneur pour nous sauver. »

(Extrait du *Moniteur* de 1815.)

Ils revoyaient leur Empereur marchant à la tête de ces vieux guerriers qui leur avaient si souvent tracé le chemin de la victoire. Je m'avançai sans crainte, dit Napoléon, sûr qu'ils n'oseraient faire feu sur moi. J'étais le même, puisque je leur rapportais l'indépendance avec mes aigles. Aussi, n'hésitèrent-ils pas ?

(4) Tandis qu'au nom du roi Combe et ses grenadiers,
Pour Antibes partis seront faits prisonniers.

Le brave colonel Combe n'était alors que capitaine. En 1837, il déploya un grand courage au siége de Constantine, et fut blessé mortellement le 13 octobre en montant à l'assaut. Son impétuosité l'a perdu. Déjà en entrant dans Antibes il compta trop sur sa valeur et sur sa poignée de braves. Aussi, furent-ils tous arrêtés ?

(5) Vous étiez là, Bertrand.

Il n'entrait pas dans mon plan de mentionner les noms de tous ceux qui avaient suivi l'Empereur à l'Ile-d'Elbe ; plusieurs ont été omis, je renverrai à cet égard au *Moniteur*.

(6) Voyez cet officier.

On m'a assuré que c'est l'aide-de-camp du général Cambronne qui porta à l'Empereur la nouvelle de la rencontre de l'avant-garde de la division de Grenoble. Je regrette beaucoup de ne pas savoir son nom dont la place est naturellement marquée dans ce poème.

(7) Aux *qui vive* jetés au grand Prédestiné.

Voir la note 3.

(8) Chacun a retrouvé dans le fond de son sac
Le signe rédempteur des veilles du bivac.

On a remarqué que les six mille hommes de la garnison de Grenoble se parèrent chacun d'une cocarde tricolore vieille et usée qu'ils avaient cachée au fond de leur sac et qu'ils gardaient comme une relique depuis le 20 avril 1814.

NOTES

DE GRENOBLE.

---

(1) Depuis que l'*Inconstant*.

C'est le nom du brick sur lequel Napoléon revint de l'Ile-d'Elbe en France. Pour qu'on ne le reconnût pas, il le fit peindre en noir quelques heures avant le départ.

(2) Et révèle en mourant quelques preux orphelins.

Entre Vizille et Grenoble, le jeune adjudant-major du 7me régiment de ligne vint annoncer que le colonel Labédoyère, profondément navré du déshonneur qui couvrait la France et déterminé par les plus nobles sentimens, s'était détaché de la division de Grenoble et venait avec le régiment au pas accéléré à la rencontre de l'Empereur.

Une demi-heure après, ce brave régiment vint doubler la force des troupes impériales.

(Extrait du *Moniteur* de 1815.)

(3) Dès l'enfance avec toi divisés de partis.

La famille du malheureux Labédoyère était royaliste. Elle eut l'impudeur de donner une soirée dansante le jour même de sa mort.

(4) Entends sa grande voix descendre des remparts,
Vois au peuple mêlés artilleurs et hussards.

On avait fait rentrer les troupes dans Grenoble et les portes de la ville étaient fermées. Les remparts qui devaient défendre cette ville étaient couverts par le 3me du génie composé de deux mille sapeurs, tous vieux soldats couverts d'honorables blessures; par le 4me d'artillerie de ligne, ce même régiment où, vingt-cinq ans auparavant, l'Empereur avait été fait capitaine; par les deux autres bataillons du 5me; par le 11me de de ligne et les fidèles hussards du 4me. — La garde nationale et la population entière de Grenoble étaient placées derrière la garnison, et tous faisaient retentir l'air de *vive l'Empereur!*

(Extrait du *Moniteur* de 1815.)

(5) De leurs gonds sans gémir les portes sont tombées.

Tiens, dirent les habitans de Grenoble à Napoléon, au défaut des clefs de ta bonne ville, en voici les portes.

(De Norvins, *Histoire de Napoléon*.)

NOTES

DE LYON.

---

(1) C'est la même, ont-ils dit, celle de Marengo !
Et leur bouche a pressé l'aigle de leur schako.

Napoléon, après avoir passé en revue la garnison de Grenoble, fit défiler ces six mille braves qui se portèrent sur Lyon à marche forcée. Tous, en passant devant l'Empereur, portaient leur schako à leurs lèvres en disant que c'était l'aigle ou la même cocarde qu'ils avaient à Austerlitz, à Wagram ou à Marengo. — C'était un spectacle touchant et sublime que de voir ces vieux soldats pleurer en baisant ces glorieux témoins de leurs plus belles victoires.

(2) C'est l'immortel Brayer !

Le lieutenant-général Brayer commandait la division de

Lyon. A la vue des hussards du 4me que l'immense et patriotique population du faubourg de La Guillotière accueillit aux cris de *vive l'Empereur*, il partit avec les troupes de la garnison au-devant de Napoléon. Bientôt il se rencontra face à face avec l'Empereur qui, laissant aller son cheval, se précipita dans ses bras, et le remercia avec effusion de son noble attachement à sa personne, en se portant sur Lyon à la tête de ces vieux soldats qui devaient lui en défendre l'entrée.

Quelques jours après, aux Tuileries, Napoléon voulut récompenser le dévouement du général; mais ce brave lui répondit qu'être honoré de l'amitié de l'Empereur, c'était être récompensé au-delà de toute espérance. Napoléon ne put vaincre ses scrupules et admira son désintéressement, en même temps qu'il sut apprécier sa noble affection; car plus tard, à Sainte-Hélène, il n'oublia pas dans son testament le vertueux général Brayer.

Les Bourbons, eux aussi, se souvinrent qu'à l'époque du retour de l'Ile-d'Elbe il commandait à Lyon; et, pour l'en récompenser, ils le firent condamner, lui aussi, à être assassiné juridiquement. Mais, plus heureux que le *brave des braves* et tant d'autres illustres victimes, il a échappé aux sicaires du roi Louis XVIII; et après avoir ajouté à sa gloire l'immense couronne de l'exilé, il a enfin revu la France et sa famille.

Dans la nuit qui suivit la révolution de juillet, il fut nommé à la division de Strasbourg, qu'il quitta quelques années après.

Revenu à Paris et fait pair de France, il mourut en 1840, emportant avec lui l'estime et les regrets de tous ceux qui ont connu la loyauté de son caractère et apprécié les nobles qualités de sa grande ame.

(3) Et Damas l'a quitté, Tarente l'abandonne.

Le baron de Damas, maréchal-de-camp, sous-chef d'état-major-général et le maréchal Macdonald.

(4) Et fuit comme un éclair.

Voir la note 2.

(5) Enfant de deux familles.

Le peuple, qui accorde une généreuse hospitalité au pauvre exilé, devient bientôt pour lui une seconde famille dont il se souvient toujours avec reconnaissance.

(6) Et lui.

Le 20 avril 1814, Napoléon quitta Fontainebleau pour se rendre à l'Ile-d'Elbe.

Partout sur son passage il fut accueilli aux cris de *vive l'Empereur !* Nulle part les témoignages d'amour et de regrets n'éclatèrent plus vivement qu'à Lyon; mais le maréchal Augereau eut l'audace et la bassesse d'insulter au malheur d'un grand homme qu'il avait trahi, et de couronner par cette infamie le crime d'une défection qui méritait la mort.

(De Norvins, *Histoire de Napoléon.*)

Sans doute Augereau a voulu se venger sur l'Empereur de Bonaparte qui, le voyant battre en retraite au pont d'Arcole, mit pied à terre, lui prit le drapeau des mains, et décida la victoire en s'avançant au milieu de la mitraille et des boulets.

Napoléon, dans sa proclamation à l'armée, s'exprime ainsi :

« Soldats ! nous n'avons pas été vaincus. Deux hommes sortis de nos rangs ont trahi nos lauriers, leur pays, leur prince, leur bienfaiteur. »

Celle au peuple Français commence par ces mots :

« Français ! la défection du duc de Castiglione livra Lyon sans défense à nos ennemis. L'armée dont je lui avais confié le commandement était, par le nombre de ses bataillons, la bravoure et le patriotisme des troupes qui la composaient, en état de battre le corps d'armée autrichien qui lui était opposé, et d'arriver sur les derrières du flanc gauche de l'armée ennemie qui menaçait Paris. »

NOTES

DE PARIS.

---

(1) Bons Lyonnais, je vous aime !

Napoléon, touché jusqu'aux larmes des nobles sentimens des habitans de Lyon, ne put mieux leur en exprimer sa reconnaissance qu'en leur disant : Lyonnais, je vous aime ! — Sublimes et touchantes paroles qui révèlent toute la tendresse de son âme.

(2) Dont le patriotisme arrêta des Tibères
Pendant quarante jours les hordes étrangères.

A Tournus, l'Empereur n'eut que des éloges à donner aux habitans pour la belle conduite et le patriotisme qui, en 1814, ont distingué Tournus et Châlons. A Châlons qui, pendant quarante jours, a résisté aux forces de l'ennemi et défendu le passage de la Saône, l'Empereur s'est fait rendre compte de tous les traits de bravoure ; et, ne pouvant se rendre à Saint-

Jean-de-Lône, il a du moins envoyé la décoration de la Légion-d'Honneur au maire de cette ville.

(Extrait du *Moniteur* de 1815.)

Je suis heureux de pouvoir ajouter que mon père, ainsi que plusieurs autres officiers de l'Empire, retraités à Autun, et de simples particuliers, se sont rendus à Châlons et ont contribué de tous leurs efforts à empêcher l'ennemi de pénétrer dans cette ville, qui s'est immortalisée par son courage.

(3) Quittent Fontainebleau, la ville du martyre,
Où finit un royaume et commence un Empire.

C'est à Fontainebleau que Napoléon a signé son abdication, le 4 avril 1814. C'est dans son palais qu'il a voulu s'empoisonner. C'est dans cette ville qu'il a dû le plus souffrir, car c'est là, où, pour la première fois, il a désespéré de son étoile.

C'est arrivé à Fontainebleau que Napoléon eut la certitude de remonter sur le trône, car c'est dans cette ville immortelle qu'il apprit le départ de Louis XVIII qui quitta Paris presqu'à la même heure où l'Empereur entrait dans Fontainebleau. Dès lors tout était décidé, la France déposait son manteau de roi pour reprendre sa couronne d'empereur.

Il est bon de remarquer que toutes les phrases mises dans la bouche de Napoléon et des autres personnages du poème sont historiques.

FIN.

www.ingramcontent.com/pod-product-compliance
Ingram Content Group UK Ltd.
Pitfield, Milton Keynes, MK11 3LW, UK
UKHW021108290826
14628UKWH00014B/1005